Analyse de l'œuvre

Par Elena Pinaud et Johanna Biehler

Le Chien des Baskerville

d'Arthur Conan Doyle

Rendez-vous sur lepetitlitteraire.fr et découvrez :

Plus de 1200 analyses
Claires et synthétiques
Téléchargeables en 30 secondes
À imprimer chez soi

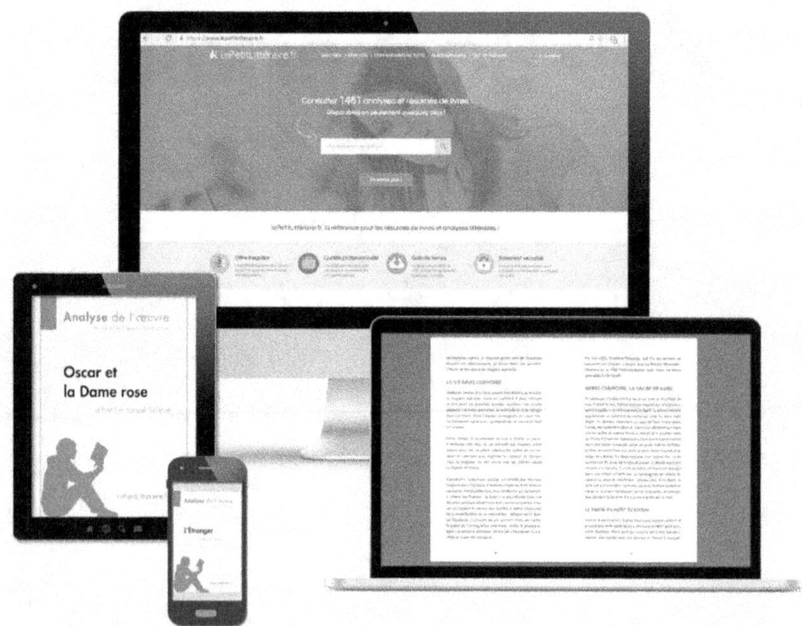

ARTHUR CONAN DOYLE

- **Né en 1859 à Édimbourg (Écosse)**
- **Décédé en 1930 à Crowborough (Angleterre)**
- **Quelques-unes de ses œuvres :**
  - *Un scandale en Bohème et autres contes* (1891), nouvelles policières
  - *Les Aventures de Sherlock Holmes* (1892), recueil de nouvelles
  - *La Bande mouchetée* (1892), nouvelle

Arthur Conan Doyle est un écrivain et médecin britannique qui entame, au milieu des années 1870, des études de médecine à l'université d'Édimbourg. C'est un passionné de sport et de voyages qui commence à écrire de la fiction pour se distraire. Il ouvre son cabinet médical en 1882 et se marie avec Louise Hawkins en 1885. Les patients se faisant rares, le jeune médecin, père de deux enfants et mari d'une femme souffrant de la tuberculose, doit trouver de nouvelles sources de revenus.

Il commence à écrire en parallèle de son activité et ferme son cabinet, qui n'arrive pas à le faire vivre, en 1891. Il se consacre désormais à l'écriture des aventures de Sherlock Holmes et de romans historiques de science-fiction ainsi que d'œuvres humoristiques. Il s'engage aussi politiquement à travers la rédaction de pamphlets. Sa participation à la guerre des Boers (1899-1902) lui vaut d'être anobli en 1902. Veuf en 1906, il se remarie l'année suivante. Avec sa seconde épouse Jean, il se passionne pour le spiritisme, bien loin de la rationalité de son héros le plus célèbre. Sir Arthur Conan Doyle meurt en Angleterre en 1930. Si « Conan » est le second prénom d'Arthur, l'usage veut qu'il soit ajouté au nom de famille, désignant ainsi l'auteur par le nom double de « Conan Doyle ». Ainsi, il est possible de trouver les deux propositions en fonction de la politique adoptée.

LE CHIEN DES BASKERVILLE

SHERLOCK HOLMES ET LA MALÉDICTION DES BASKERVILLE

- **Genre :** roman policier
- **Édition de référence :** *Le Chien des Baskerville*, traduit de l'anglais par Lucien Maricourt, Paris, Le Livre de Poche, 2000, 256 p.
- **1re édition :** 1901
- **Thématiques :** enquête, mystère, démon, malédiction, détective

Le Chien des Baskerville (*The Hound of the Baskervilles*) parait dans un magazine en 1901 et en volume en 1902. Ce roman traite d'une malédiction qui semble planer sur une famille anglaise : un démon, sous la forme d'un gigantesque chien, apparait à la mort des membres de la famille Baskerville qui n'ont pas mené une vie correcte. Cette légende se transforme en une réalité saisissante quand Sir Charles Baskerville, contemporain du détective Sherlock Holmes, meurt effrayé par des hurlements diaboliques.

L'atmosphère de crime savamment entretenue, l'alternance de légendes et de science, l'analyse psychologique et la logique policière dégagées par ce texte sont des constantes du style littéraire de Conan Doyle.

RÉSUMÉ

CHAPITRES I-II

Le Dr Mortimer rend visite au célèbre détective Sherlock Holmes pour lui demander son concours dans une affaire. Il s'agit d'une malédiction pesant sur la famille Baskerville depuis la fin du Moyen Âge qui s'est récemment concrétisée par le décès de Charles, l'un des membres de la famille et le patient du docteur.

Cette malédiction a pris racine quand Hugo Baskerville, un seigneur très cruel et vicieux, a promis son âme au diable s'il réussissait à rattraper une jeune fille qui lui avait échappée. Le vœu fut apparemment exaucé, puisque les amis d'Hugo auraient retrouvé les cadavres de la fugitive et du seigneur dans une clairière. Ce dernier était sur le point de se faire dépecer par un chien énorme, « une bête immonde » selon les témoins (p. 47). Mortimer tient à préciser que Charles Baskerville, le seigneur actuel du domaine, semblait croire et craindre cette légende. Il a été retrouvé mort, le visage révulsé, à côté d'un portail donnant sur la lande, entouré par les traces de pattes d'un chien gigantesque, ce qui n'est pas sans rappeler la malédiction qui plane sur la famille.

CHAPITRE III

Plusieurs habitants de la lande auraient entendu hurler la bête légendaire. Henry Baskerville, l'un des neveux de Charles et son seul héritier, se rend sur place pour prendre possession du manoir : cette question d'héritage a poussé

Mortimer, pourtant pourvu d'un esprit cartésien, à demander l'expertise d'Holmes. En effet, il se retrouve démuni face à cette mort qui, bien qu'elle ne soit pas de toute évidence l'œuvre du diable, reste mystérieuse. Après une journée de réflexion, Holmes énonce sa conclusion à son fidèle assistant, Watson : Charles Baskerville devait attendre quelqu'un près du portail donnant sur la lande mais, à la vue de quelque chose d'effrayant, il a dû perdre la raison.

CHAPITRE IV

Henry, l'héritier de Charles, arrive chez Holmes : il a reçu à son hôtel londonien une lettre anonyme lui conseillant de ne pas aller dans la lande s'il veut rester en vie et se rend compte qu'une de ses chaussures a disparu. Holmes remarque quant à lui qu'Henry et Mortimer sont espionnés par un homme mystérieux qui se déplace en fiacre, le visage dissimulé sous une fausse barbe.

CHAPITRE V

Holmes, à la recherche de l'identité de l'espion, voit ses trois pistes démenties :

- Barrymore, le domestique des Baskerville, ne peut être l'espion car il se trouvait dans la lande, ce que prouve sa réponse à un télégramme ;
- le journal qui a servi à la fabrication de la lettre de menace contre Henry n'a été retrouvé dans aucun des hôtels de Londres. Holmes ne peut dès lors remonter jusqu'à l'espion depuis son passage à l'hôtel ;

- le cocher qui a transporté l'espion affirme ne rien savoir sur celui-ci, si ce n'est qu'il a déclaré malicieusement s'appeler Holmes. Le détective prend conscience qu'il a affaire à un adversaire redoutable : peut-être est-ce l'assassin de Charles qui cherche à s'en prendre à son héritier.

CHAPITRES VI-VII

À leur arrivée dans la lande, Henry, qui a décidé d'ignorer les menaces, est impressionné par l'aspect sauvage de la terre de ses ancêtres tandis que Watson, qui l'a accompagné, est fasciné par la mélancolie des lieux. Ils apprennent qu'un forçat condamné à perpétuité pour meurtre vient de s'évader et qu'il se cache dans la région. Watson fait la connaissance de l'entomologiste Stapleton, un voisin des Baskerville, qui affirme connaitre la lande comme personne d'autre. Il se montre très intéressé par les démarches de Watson et Holmes à propos de l'affaire sur la légende des Baskerville. La sœur du naturaliste essaie, en cachette de son frère, d'avertir Watson (qu'elle prend pour Henry Baskerville, n'ayant rencontré ni l'un ni l'autre) de quitter la lande le plus vite possible.

CHAPITRES VIII-X

Le Dr Watson fait part de ses découvertes à Holmes, retenu à Londres :

- le forçat poursuivi par la police à travers la lande est le frère de Mme Barrymore, la domestique des Baskerville, nourri et protégé par sa famille ;

- les signes d'amour dont Henry fait preuve envers Mlle Stapleton irritent le frère de cette dernière, qui finit néanmoins par demander trois mois pour être convaincu de la sincérité des sentiments de Henry. Ainsi tente-t-il de gagner du temps pour éviter d'être spectateur de cette cour à Mlle Stapleton et pouvoir se débarrasser de ce rival encombrant ;
- Watson et Henry ont tous deux entendu des hurlements et aperçu la silhouette d'un inconnu dans la lande ;
- Laura Lyons, la fille répudiée de Frankland (le voisin des Baskerville), avait donné rendez-vous à Charles la nuit de son décès. De plus, ses initiales sont celles apposées à la fin de la lettre en guise de signature.

CHAPITRE XI

Watson continue à enquêter sur deux pistes qui lui semblent particulièrement dignes d'intérêt :

- Laura Lyons est sérieusement suspectée. Celle-ci avoue, avec réticence, avoir voulu solliciter Charles Baskerville pour une aide financière afin de pouvoir demander le divorce. Cependant, ayant trouvé l'aide recherchée, elle n'était pas allée au rendez-vous donné à Baskerville. Bien que ce fait l'innocente, Watson continue à la suspecter ;
- l'inconnu est soit le criminel, soit le forçat. C'est Frankland qui donne à Watson quelques indices à ce sujet : il a remarqué qu'un jeune garçon apporte des vivres dans la lande, à une heure et un endroit fixes. Ce dernier lui permet également d'observer la lande avec son télescope. Parti étudier les rochers, Watson découvre que cet

inconnu n'est autre que Holmes.

CHAPITRE XII

Holmes, installé dans la lande en secret, a de son côté fait des découvertes déterminantes pour l'enquête :

- Laura Lyons entretenait des relations très intimes avec M. Stapleton ;
- Mlle Stapleton est en réalité la femme de M. Stapleton, et non sa sœur ;
- M. Stapleton a déclenché la faillite du collège où il était enseignant, le plongeant dans de terribles difficultés financières que la mort de Charles Baskerville pouvait résoudre.

Alertés par des cris d'effroi et des aboiements, Holmes et Watson découvrent le cadavre du forçat habillé avec des vêtements de Henry. Holmes en déduit que le chien a dû le poursuivre et le tuer : en effet, les Barrymore avaient fourni au forcené d'anciens vêtements d'Henry. Or M. Stapleton avait entrepris de dresser son chien à tuer quiconque portait l'odeur d'Henry, ce qui explique le vol des chaussures que Baskerville avait constaté au début du récit.

CHAPITRE XIII

Henry promet à Holmes toute son aide en se rendant le jour suivant chez les Stapleton et en revenant à pied à travers la lande : Holmes est en effet persuadé que le propriétaire du chien sera dès lors tenté de le lancer à sa poursuite, ce qui permettra de le prendre sur le fait. En étudiant les portraits des ancêtres des Baskerville, Holmes est le premier à remarquer que Stapleton ressemble trait pour trait à Hugo Baskerville. Entretemps, Holmes et Watson sont rejoints par un des meilleurs policiers de Londres, Lestrade.

CHAPITRES XIV-XV

Henry agit comme prévu et, en rentrant au manoir, est poursuivi par un chien énorme, noir et phosphorescent, sorti de la propriété de Stapleton. Holmes, Watson et le policier Lestrade réussissent à tuer l'animal, un croisement de diverses races de chiens de grande taille, maquillé avec du phosphore.

Pendant ce temps, Stapleton meurt dans la lande (là où il cachait son chien), englouti par le bourbier. Sa femme, qu'il avait ligotée afin de l'empêcher d'agir, est sauvée par Holmes et ses collaborateurs.

Henry apprend toute la vérité sur Stapleton. Ce dernier était en réalité le fils secret du frère cadet de Charles Baskerville. Pour lui, Charles et Henry devaient mourir car ils l'empêchaient d'hériter de la fortune familiale. Pour cela il avait manipulé sa femme, son amante et toute la population de la lande grâce à la légende du chien maudit afin de maquiller son meurtre et hériter de la fortune familiale sans être soupçonné.

ÉTUDE DES PERSONNAGES

SHERLOCK HOLMES

Sherlock Holmes est peut-être le plus fameux des détectives que l'on rencontre dans la littérature. Personnage phare et récurrent de l'œuvre d'Arthur Conan Doyle, il s'occupe notamment d'affaires complexes touchant à des secrets d'État ou à l'honorabilité de personnes haut placées, lui-même étant un bourgeois très maniéré et cultivé, féru de musique, d'histoire et de botanique.

Sa méthode d'investigation est singulière et consiste à :

- observer avec attention tout ce qui entoure un crime (personnes et objets), ce qui relève de l'induction ;
- y réfléchir longuement, en solitaire, afin d'en déduire certains éléments ;
- saisir les détails que les autres ignorent (comme, par exemple, le fait que Stapleton ressemble étrangement à Hugo Baskerville) par l'analyse minutieuse des faits et des témoignages ;
- se servir des erreurs des autres (« en relevant vos erreurs j'étais fréquemment guidé vers la vérité », p. 7) afin de comprendre et de résoudre les crimes.

S'il implique parfois Watson ou le policier Lestrade dans ses enquêtes, il reste néanmoins le cerveau des opérations. Ainsi se refuse-t-il à communiquer son plan et ses conclusions avant l'heure de la résolution de l'enquête. Cette répugnance s'explique en partie par son tempérament dominateur (il se plait à surprendre son entourage) et par sa prudence professionnelle qui lui recommande de ne rien hasarder. Ce mystère qu'entretient Holmes autour de sa propre personne permet à l'auteur d'entretenir le suspense.

Holmes est un être doté de nombreuses qualités, liées à sa fonction de détective :

- il maitrise à la perfection l'art du déguisement (il vit comme un paysan caché dans une masure au milieu des rochers de la lande afin d'être au plus près des suspects) ;
- il fait preuve d'une grande lucidité, pouvant décrypter le caractère de chacun, et ne se fie pas aux apparences ;
- il n'ignore rien de ce qui pourrait lui servir dans son travail de détective (les différents parfums de femmes, les caractères des journaux dans une lettre anonyme, etc.) et s'interdit de mettre des indices de côté ;
- il reste scientifique, même quand les évidences penchent vers l'inexplicable (les hurlements du chien et la trace de ses pattes autour du cadavre de Charles convainquent Mortimer de l'existence d'un monstre, mais pas Holmes) ;
- il est lucide, froid, équilibré et répugne à exprimer toute émotion (pour preuve, il annonce froidement à Laura Lyons que Stapleton est marié, ce que la jeune femme ignorait, afin qu'elle devienne son alliée), bien que certains aspects de cette enquête, tels que les cris du chien, l'impressionnent.

Il déclenche constamment l'admiration de Watson et de Mortimer, ce dernier étant surtout fasciné (en tant qu'adepte de la phrénologie) par son crâne : « Une dolichocéphalie aussi prononcée, un tel développement supraorbitaire. Votre crâne me fait très envie. » (p. 11) Les capacités exceptionnelles d'Holmes semblent donc explicables scientifiquement.

LE D' WATSON

Watson, l'ami de toujours d'Holmes, est un docteur en médecine attiré par le travail de détective. Il est également le biographe d'Holmes (qu'il rencontre par hasard et qui devient son colocataire) et le narrateur de ses aventures. D'ailleurs, la légende et l'affaire du chien des Baskerville parviennent aux lecteurs par son effort rédactionnel, sa volonté de narrer toutes les aventures du détective avec une certaine rigueur afin de « vulgariser ses méthodes » et de prouver à son lectorat que les capacités du détective ne sont pas magiques mais rationnellement explicables (p. 6).

C'est un bourgeois très respectable, faisant partie d'un club élitiste et fumant des cigarettes de luxe.

Si, dans ce roman, il ne se fait pas remarquer par ses qualités de médecin, le Dr Watson déploie en revanche toute son attention pour mener à bien la mission d'observateur et de protecteur d'Henry que lui a assignée Holmes. Ses notations sont davantage de l'ordre de la constatation et moins de l'interprétation, ce qui relève du champ d'expertise d'Holmes. Fidèle ami du détective et personnage indispensable à l'évolution de l'intrigue par son travail d'investigation, il demeurera toujours dans l'ombre de Sherlock, bien qu'il brille par son empathie : là où le détective ne voit qu'une affaire supplémentaire à résoudre, Watson voit au-delà et se concentre sur l'être humain. Il est également aussi persévérant que courageux lorsqu'il se lance à la recherche de l'inconnu dans la lande : le Dr Watson est un homme d'action.

JAMES MORTIMER

James Mortimer est un médecin très attaché à ses patients qui implique Holmes dans cette affaire de la malédiction des Baskerville : il est donc le déclencheur de l'histoire. Il nous est décrit par le détective dans les premières lignes du roman à travers ce que sa canne révèle de lui : il est aimable (pour avoir reçu comme cadeau la canne en question), distrait (pour avoir oublié sa canne lorsqu'il a tenté une première fois de rencontrer Holmes) et sans ambition (il a renoncé à une carrière à Londres, ce qu'indique les initiales d'un grand hôpital londonien gravées dans le bois, pour se destiner finalement à de la médecine de campagne). Il a également un chien (dont Holmes découvre l'existence par des traces de morsure sur la canne), qui finit par constituer l'un des repas du chien dressé par Stapleton. Ce personnage permet ainsi de rappeler au lecteur les formidables capacités d'analyse du détective.

CHARLES BASKERVILLE

Charles Baskerville est le personnage qui ressuscite la légende du chien et la malédiction de sa famille. Il craint cette histoire diabolique, ce qui a poussé Stapleton à exploiter pleinement cette histoire. On pourrait supposer qu'il y accorde du crédit à cause des affaires louches dans lesquelles il a trempé en Afrique : la légende était censée avertir les successeurs d'Hugo Baskerville de ce qui leur arriverait en cas de mauvaise vie. De retour d'Afrique, Charles s'était montré très charitable et aimable, ce qui était peut-être un moyen de racheter ses péchés et d'échapper à la malédiction.

HENRY BASKERVILLE

Henry Baskerville est l'héritier de Sir Charles par son statut de dernier descendant des Baskerville. C'est un jeune homme qui a passé la majeure partie de sa vie aux États-Unis et au Canada à travailler dans l'agriculture. Malgré les mises en garde de Stapleton, il est bien décidé à se rendre dans le Dartmoor et à affronter la malédiction.

En plus du domaine, il a hérité du caractère ardent et courageux de ses ancêtres. Menant une vie vertueuse, il ne craint pas la légende qui plane sur sa famille. Très épris de Mlle Stapleton, il sera déçu lorsqu'il apprendra qu'elle est en réalité mariée.

M. STAPLETON

Stapleton, meurtrier et voleur, est le troisième mouton noir des Baskerville (après son père Roger Baskerville, à l'origine de scandales qui ont poussé ce dernier à fuir à l'étranger, et Hugo, ce seigneur cruel et débauché). Il est passionné par la botanique et semble haïr les êtres humains puisqu'il les maltraite et en abuse (comme il le fait avec sa femme et avec Laura, avec qui il entretient une relation sans lui avouer être marié). C'est un homme solitaire, qui possède des qualités pédagogiques et communicationnelles limitées (il n'a pas pu mener à bien sa carrière d'enseignant). C'est lui qui est à l'origine de la mise en scène de la malédiction des Baskerville, dont il s'est nourri à dessein, et qui sera démasquée par Holmes.

Mlle STAPLETON ET LAURA LYONS

Ces deux belles jeunes femmes se retrouvent, par les jeux du hasard, dans la même situation : leur survie dépend de la volonté d'un seul homme qui les manipule, M. Stapleton. Elles représentent l'image de la femme-instrument et sont victimes de leur amour pour leur bourreau. En effet, le fait de faire passer sa femme pour sa sœur lui a permis de se rapprocher de Laura Lyons, qui était elle-même un moyen de contacter sir Charles indirectement.

CLÉS DE LECTURE

Les premières années

Sherlock Holmes, l'un des personnages les plus connus de la littérature anglophone, n'est pas une pure création sortie de l'imagination de Conan Doyle. Celui-ci a reconnu s'être inspiré d'un de ses professeurs durant ses études de médecine, Joseph Bell (chirurgien anglais, 1837-1911), un homme doué d'une capacité de déduction hors normes. Il pouvait déduire, à partir d'un petit détail observé chez son interlocuteur, son origine ou sa profession. Le rapprochement avec le personnage de Sherlock Holmes est dès lors évident.

Poussé par le gout de l'écriture et des nécessités financières, Conan Doyle écrit les premières aventures de son personnage en 1886, *Une étude en rouge*. Le livre sort l'année suivante et passe inaperçu. L'auteur se consacre ensuite à d'autres projets, notamment des romans historiques, tels que *Les Réfugiés* (1893).

Toutefois, si les Anglais n'ont montré aucun intérêt pour cet ouvrage, les lecteurs américains l'ont apprécié. Un éditeur new-yorkais, le *Lippincott's Monthly Magazine*, passe commande auprès de Conan Doyle pour un nouveau roman, que ce dernier intitulera *Le Signe des quatre*, publié en 1890.

À Londres, l'auteur renonce à la médecine pour se consacrer exclusivement à la littérature et entame l'écriture de nouvelles pour un nouveau magazine, *The Strand*. Ces courtes histoires mettent à nouveau en scène le détective et connaissent enfin le succès auprès des Anglais.

Un auteur dépassé par le succès

Bien que les aventures de Sherlock Holmes rencontrent le succès et constituent une conséquente rentrée financière, Conan Doyle estime que ses histoires le détournent d'une production littéraire de qualité (il considérait les récits de Sherlock Holmes comme moins intéressants). Son héros envahit même son quotidien : l'auteur reçoit un grand nombre de lettres adressées à Sherlock Holmes, une grande partie de son lectorat étant persuadée que le détective existe réellement.

Conan Doyle décide donc de se libérer de cette encombrante création en lui inventant un adversaire à sa mesure, le professeur Moriarty, surnommé le « Napoléon du crime ». Celui-ci assassine Sherlock Holmes dans *Problème final*, publié en 1893, en le précipitant dans les chutes de Reichenbach, en Suisse. La réaction du public est à la hauteur de l'amour qu'il porte au détective : certains affichent un brassard noir en signe de deuil tandis que Conan Doyle reçoit à la fois des lettres d'injures et des supplications pour faire revivre son héros.

Si l'auteur refuse de ressusciter son héros, il concède à son public un dernier roman de Sherlock Holmes afin d'apaiser les esprits, *Le Chien des Baskerville*, publié en 1901 : le récit est censé se dérouler avant la chute mortelle d'Holmes. Après avoir tenu dix ans, en se refusant d'écrire sur Sherlock Holmes, l'auteur cède une nouvelle fois à la pression en

1903 quand l'hebdomadaire américain *Collier's* lui propose 45 000 dollars pour publier de nouvelles aventures du détective, soit une petite fortune pour l'époque.

La naissance d'une légende

Sherlock Holmes est devenu un héros populaire connu de tous, même de ceux n'ayant jamais lu ses aventures. Sa notoriété dépasse même le simple cadre littéraire et comporte une grande part d'éléments iconographiques que Conan Doyle n'avait pas imaginés.

Ainsi, la célèbre casquette à double visière provient de la créativité de l'illustrateur du *Strand Magazine Sydney Paget* : il n'existe en effet qu'une seule référence à une quelconque casquette chez Conan Doyle, dans *Flamme d'argent* (1892), qui précise uniquement qu'il s'agit d'une casquette de voyage. Holmes, comme tous les gentlemen victoriens, devait porter essentiellement un haut de forme. Son manteau écossais, un macfarlane, s'est imposé dans les films (tels que *Le Chien des Baskerville* de Sidney Lanfield [cinéaste et réalisateur américain, 1898-1972] en 1939) bien qu'aucune mention de ce vêtement ne soit présente dans les romans. La pipe recourbée est, quant à elle, une trouvaille de William Gillette (acteur de théâtre et dramaturge américain, 1853-1937), créateur du rôle au théâtre : il estimait qu'il était plus facile de parler avec une pipe recourbée qu'une pipe droite à la bouche. C'est cette image de Sherlock Holmes, étrangère à l'œuvre originale de Conan Doyle, qui s'est imposée dans l'imaginaire collectif. Quant à la célèbre réplique « Élémentaire, mon cher Watson », son origine reste des plus mystérieuses.

LE ROMAN POLICIER : L'ENQUÊTE COMME STRUCTURE DU RÉCIT

Le roman policier est né au XIXe siècle en réaction aux angoisses collectives liées à la révolution industrielle et à l'augmentation de la criminalité. Ce genre repose sur une structure narrative bien précise, centrée sur un meurtre et l'enquête qui en découle, ainsi que sur des personnages issus le plus souvent du milieu policier, à la psychologie peu détaillée. Sherlock Holmes est le premier héros populaire issu de cette littérature. Son succès est en partie dû au fait qu'il marque l'arrivée de l'analyse scientifique dans les enquêtes.

L'efficacité des aventures de Sherlock Holmes repose sur les capacités de déduction du personnage principal ainsi que sur la construction du récit qui est récurrente dans l'œuvre de Conan Doyle. Bernard Oudin évoque « un canevas presque immuable » (*Enquête sur Sherlock Holmes*, Paris, Gallimard, coll. « Découvertes », 1997, p. 22). Cette structure participe au plaisir du lecteur qui retrouve des éléments familiers. Inlassablement, les enquêtes suivent le même schéma :

- au 221b, Baker Street, Sherlock Holmes se lamente sur l'ennui qui l'envahit. Il tente de tuer le temps à l'aide de cigarettes ou d'expériences scientifiques qui vont l'aider dans ses enquêtes ;
- un visiteur se présente afin de solliciter son aide, occasion pour le détective d'exercer sa capacité d'analyse et de stupéfier à la fois Watson et son futur client ;
- si l'affaire lui semble digne d'intérêt, le détective commence ses investigations sans rien exposer à Watson, qui

découvre les tenants et les aboutissants de l'enquête au fur et à mesure, en même temps que le lecteur. Il peut se précipiter hors de Londres (comme dans *Le Chien des Baskerville*), mais il lui arrive aussi de résoudre un mystère sans sortir de chez lui.

Conan Doyle est devenu un maitre, dans ses romans ou ses nouvelles mettant en scène Sherlock Holmes, par son « habileté à ménager les effets, le laconisme du propos, la surprise foudroyante de la révélation, le suspense et le goût du secret » (LACASSIN F., *Mythologie du roman policier*, Paris, Christian Bourgeois, 1993, p. 77). Contrairement à d'autres techniques narratives spécifiques au roman policier, le lecteur n'est pas en avance sur les personnages, il ne connait que les éléments mis à sa disposition par l'auteur, ce qui l'amène à mener sa propre enquête et à faire ses propres déductions.

Pour André Vanoncini, Conan Doyle fait partie des « pères fondateurs » du roman policier (*Le Roman policier*, Paris, PUF, coll. « Que sais-je ? », 1997, p. 21). Il suit une structure narrative et exploite des techniques d'écriture qui sont une référence du genre :

- une intrigue principale, dont le point de départ est une transgression de la loi (un meurtre le plus souvent). L'enjeu du roman est la résolution de ce crime ;
- l'enquêteur commence alors une période d'observations et de déductions. De la qualité de son travail dépend tout l'intérêt du récit ;
- un auteur policier ménage un certain suspense, avec des fausses pistes et des révélations, à l'instar du majordome

qui, d'abord lavé de tout soupçon, sera ensuite de nouveau suspecté ;
* le personnage principal n'est pas forcément le narrateur (dans le cas des aventures de Sherlock Holmes, il s'agit du docteur Watson).

Conan Doyle a ainsi contribué à l'émergence du roman policier en tant que genre littéraire distinct en posant des bases qui se retrouveront, par la suite, dans tous les textes relevant de ce type de publication tels que la série de romans sur Hercule Poirot d'Agatha Christie (femme de lettres britannique, 1890-1976).

DES TECHNIQUES NARRATIVES MULTIPLES

La rédaction du journal

Le roman est construit sous la forme du journal de Watson, qui reprend tous les détails de l'exploit d'Holmes. En plus de ce statut de diariste (rédacteur de journal), Watson est un narrateur (celui qui raconte l'histoire) homodiégétique, c'est-à-dire qu'il est présent comme personnage de l'histoire, en tant que témoin et observateur. Le texte gagne ainsi en véracité et en émotions, plongeant le lecteur au cœur de l'histoire.

Mais ce n'est pas un journal intime à proprement parler car Watson n'y déploie pas son âme. Ses notations demeurent plutôt objectives et factuelles, avec quelques exceptions : il est très fier d'entendre les appréciations d'Holmes par rapport à ses déductions mais confesse son mécontentement face au silence du détective qui ne lui fait part de ses plans qu'au compte-goutte.

Des épisodes épistolaires

Au sein du *Chien des Baskerville*, les huitième et neuvième chapitres forment un petit ensemble à part dans le roman. Il s'agit des rapports que le Dr Watson envoie à Sherlock Holmes censé se trouver à Londres, retenu par une autre enquête. Ce passage fait passer le lecteur d'un genre à l'autre, du roman policier au roman épistolaire. Une telle technique implique un récit à la première personne, ce qui participe à la volonté de l'auteur de fasciner son lecteur par la proximité qui est induite : « Dans le choix de la première personne s'énonce le désir de donner l'œuvre comme une non-fiction. » (CALAS F., *Le Roman épistolaire*, Paris, Nathan, coll. « 128 », 1996, p. 111) Watson nous décrit la lande et son atmosphère lugubre, ainsi que les dernières avancées de l'enquête à travers le prisme de sa subjectivité. L'utilisation de la lettre est d'autant plus intéressante que le docteur doit communiquer le plus fidèlement possible au détective absent les faits mais aussi ses sensations, ce qui donne une plus grande impression d'énergie et d'humanité au personnage (face à la froideur du personnage principal). Ainsi, le lecteur a le sentiment que les personnages sont plus complexes, plus « vivants », ce qui a grandement participé à la renommée et à la création du mythe de Sherlock Holmes.

LE TRIOMPHE DE LA SCIENCE

Le XIXe siècle et ses découvertes

Natacha Levet, auteure de *Sherlock Holmes, de Baker Street au grand écran*, relève que « Sherlock Holmes est le fruit de son époque et d'une approche qui doit beaucoup au positivisme, ce courant de pensée qui a commencé à se structurer dans la première moitié du XIXe siècle, autour de la réflexion d'Auguste Comte [philosophe français, 1798-1857] » (Paris, Éditions Autrement, 2012, chapitre VI).

Le XIXe siècle voit en effet s'imposer peu à peu une croyance en la science et les technologies, considérées comme un progrès bénéfique pour l'homme. Le positivisme d'Auguste Comte est un concept philosophique qui postule que chaque domaine de connaissance passe par trois états successifs (il s'agit de la loi des trois états) : le théologique, le métaphysique et le positif. Ce dernier est parfois appelé « état scientifique » car c'est le moment où l'homme cherche à expliquer l'univers qui l'entoure grâce à l'observation et à la déduction.

Cette foi en la science se retrouve chez Sherlock Holmes bien sûr, mais aussi chez d'autres personnages du *Chien des Baskerville* :

- Watson et Mortimer sont docteurs en médecine, soit deux hommes de science. De plus, Mortimer se passionne pour la phrénologie et les traces d'occupation de la lande par des hommes du Néolithique. C'est en effet aussi au XIXe siècle que l'archéologie et l'anthropologie s'imposent chez les intellectuels. Mortimer est très enthousiaste quand il trouve les restes d'un crâne humain ;
- Stapleton parcourt la lande à la recherche de nouveaux spécimens d'insectes. Cet intérêt lui offre un prétexte pour se promener sans être remarqué et ainsi cacher le

chien sans attirer de soupçon quant à ses allers et venues. Il est décrit comme un naturaliste, quelqu'un qui s'intéresse à l'entomologie (étude des insectes) mais aussi à la botanique. Sa collection remplit toute une pièce à Merripit, un domaine situé non loin de Baskerville Hall ;

- Frankland, le voisin procédurier et irascible des Baskerville, aide Watson à débusquer le détective dans sa cachette sur la lande grâce à son télescope, instrument indispensable à tout passionné d'astronomie pour observer les étoiles. Il témoigne du développement de l'optique.

Ce recours à la science est toutefois à nuancer, surtout concernant Sherlock Holmes : « En réalité, la fameuse "méthode" holmésienne n'est pas toujours d'une logique aussi rigoureuse que ne le prétend son inventeur. La réussite d'Holmes dépend beaucoup de l'intuition, de conjectures et des élans de son imagination. » (PALLISER C., « Sherlock Holmes : une séduction durable », in MELLIER D. (dir.), *Sherlock Holmes et le Signe de la fiction*, Fontenay-aux-Roses, ENS éditions, coll. « Signes », 1999, p. 22) Malgré toutes les techniques que peut maitriser le détective, sa fantastique capacité de déduction repose aussi, et malgré tout, sur une certaine part non scientifique.

Le folklore et la science

La légende du chien des Baskerville, émanation folklorique (le folklore englobant des légendes, des croyances et des contes) du Moyen Âge, semble être fondée si l'on tient compte des témoignages des habitants de la lande et des traces de pattes du chien énorme. Une légende est par définition crainte dans certains milieux où le surnaturel est accepté, comme c'est le cas dans la lande, endroit propice au développement d'histoires sombres de par son histoire et sa géographie, faite de bourbiers mortels et de brume épaisse.

Cette construction folklorique sur la malédiction des Baskerville devient un moyen de manipulation entre les mains de Stapleton, qui a l'esprit aussi espiègle et scientifique qu'Holmes. Comme la légende a reçu une certaine autorité (elle se transmet de génération en génération et n'émane pas d'un tiers) et qu'elle est profondément ancrée dans l'imaginaire collectif, Stapleton peut continuer sa mystification sans entrave, se servant des esprits enclins à la superstition ainsi que de la culture locale pour accomplir son plan. Le folklore constitue ainsi un moyen de manipuler la conscience collective, ce qu'Holmes comprend tout à fait.

Sherlock Holmes marque le passage de l'enquête classique vers l'étude scientifique, logique et objective des crimes. Par son travail logique et déductif (il est « incomparable en tant qu'homme pratique », p. 12), Holmes prouve que tout est explicable d'une manière scientifique et pragmatique, et que la malédiction des Baskerville est tout simplement une création folklorique. Holmes montre que tout se réduisait à une sorte de pression psychologique que Stapleton exerçait sur tous et que le cadre spectaculaire de la lande servait parfaitement son projet.

La symbolique du chien

La présence du chien dans la légende des Baskerville comme instrument punitif et diabolique n'est pas un pur hasard. Sa taille gigantesque, son aspect noir et brillant, ses hurlements macabres et sa férocité font penser à une créature que des bestiaires médiévaux décriraient comme sortie de l'enfer.

Pour les Baskerville, cet animal annonce la mort. Toutes les mythologies associent d'ailleurs le chien à la mort et aux enfers. Il aurait une fonction mythique de personnage psychopompe (qui guide l'homme dans la mort). Cela ne correspond pas à l'image du chien comme le meilleur ami de l'homme (à l'instar du chien de Mortimer), mais ce n'est qu'un des aspects de son riche symbolisme.

Il est à remarquer que le chien maléfique n'existe que dans le folklore, comme c'est le cas dans ce texte. La malédiction du chien des Baskerville, histoire née dans l'atmosphère superstitieuse et noire de la fin du Moyen Âge, reste une légende. Le travail d'enquêteur d'Holmes prouve qu'elle n'est pas réellement fondée.

Dans ce roman, Arthur Conan Doyle rend compte des bouleversements que connait son époque, où le pragmatisme de la science se heurte encore, parfois, aux superstitions et aux légendes. Le personnage de Sherlock Holmes est rapidement devenu le symbole de la science salvatrice. Son mythe s'est enrichi au fil du temps d'éléments extérieurs à l'univers de l'auteur (comme la casquette de chasse, le manteau macfarlane et la pipe calebasse), preuve que le public s'est emparé du détective et se l'est approprié pour en faire un élément incontournable de la culture populaire.

PISTES DE RÉFLEXION

QUELQUES QUESTIONS POUR APPROFONDIR SA RÉFLEXION...

- Comment Sherlock Holmes parvient-il à résoudre l'affaire ?
- Expliquez ce que symbolise le chien. Quel en est l'effet ?
- Quelle est l'importance de la science et du surnaturel dans *Le Chien des Baskerville* ?
- Cet ouvrage se présente sous la forme d'un journal. Quels en sont les effets sur le lecteur ?
- Quel est le rôle de Watson dans *Le Chien des Baskerville*, ainsi que dans toutes les aventures de Sherlock Holmes ?
- Comment expliquez-vous les différents genres littéraires utilisés dans *Le Chien des Baskerville* ?
- Pourquoi cette œuvre est-elle typiquement victorienne ?
- Comment expliquez-vous le succès qu'a connu le personnage de Sherlock Holmes ?
- La méthode du détective Sherlock Holmes vous semble-t-elle originale ? Comparez-la avec celle d'autres grands détectives issus de livres, de films, etc.
- Comparez *Le Chien des Baskerville* avec quelques-unes de ses multiples adaptations cinématographiques. Sont-elles parfaitement en adéquation avec le livre (du point de vue de l'atmosphère, de la méthode du détective, des caractéristiques des personnages, etc.) ?

Votre avis nous intéresse !
Laissez un commentaire sur le site de votre librairie en ligne
et partagez vos coups de cœur sur les réseaux sociaux !

POUR ALLER PLUS LOIN

ÉDITION DE RÉFÉRENCE

- DOYLE A. C., *Sherlock Holmes. Le Chien des Baskerville*, Paris, Le Livre de Poche, 2000.

ÉTUDES DE RÉFÉRENCE

- CALAS F., *Le Roman épistolaire*, Paris, Nathan, coll. « 128 », 1996.
- CHEVALIER J. et GHEERBRANT A., *Dictionnaire des symboles*, Paris, Robert Laffont, 1969.
- COLLECTIF, *Encyclopédie de la littérature*, Paris, Le Livre de Poche, 2003.
- COLLECTIF, *Le Nouveau Dictionnaire des œuvres*, Paris, Robert Laffont, 1994.
- GENETTE G., *Figures III*, Paris, Seuil, 1972.
- LACASSIN F., *Mythologie du roman policier*, Paris, Christian Bourgeois, 1993.
- LEVET N., *Sherlock Holmes, de Baker Street au grand écran*, Paris, Éditions Autrement, 2012.
- MESPLÈDE C. (dir.), *Dictionnaire des littératures policières*, Nantes, Joseph K., coll. « Temps noir », 2003.
- OUDIN B., *Enquête sur Sherlock Holmes*, Paris, Gallimard, coll. « Découvertes », 1997.
- PALLISER C., « Sherlock Holmes : une séduction durable », in MELLIER D. (dir.), *Sherlock Holmes et le Signe de la fiction*, Fontenay-aux-Roses, ENS éditions, coll. « Signes », 1999.
- VANONCINI A., *Le Roman policier*, Paris, PUF, coll. « Que sais-je ? », 1997.

ADAPTATIONS

Il existe de très nombreuses adaptations des aventures de Sherlock Holmes, tant pour le cinéma, la télévision ou le théâtre, que pour la bande-dessinée ou le manga. L'une des plus anciennes adaptations, concernant *Le Chien des Baskerville*, date de 1929. Il s'agit d'un film allemand de Richard Oswald (cinéaste, producteur et scénariste autrichien, 1880-1963) sorti sous le titre de *Der Hund von Baskerville*. La plus récente est certainement le deuxième épisode de la deuxième saison de la série *Sherlock* intitulé « Les Chiens de Baskerville », diffusé pour la première fois en Grande-Bretagne en 2012. Ce projet modernise le détective en situant ses aventures au XXIe siècle tout en conservant les éléments qui ont fait le succès d'Holmes.

SUR LEPETITLITTÉRAIRE.FR

- Fiche de lecture sur *La Bande mouchetée* d'Arthur Conan Doyle.
- Fiche de lecture sur *Un scandale en Bohème et autres contes* d'Arthur Conan Doyle.

Retrouvez notre offre complète sur lePetitLittéraire.fr

- des fiches de lectures
- des commentaires littéraires
- des questionnaires de lecture
- des résumés

ANOUILH
- Antigone

AUSTEN
- Orgueil et Préjugés

BALZAC
- Eugénie Grandet
- Le Père Goriot
- Illusions perdues

BARJAVEL
- La Nuit des temps

BEAUMARCHAIS
- Le Mariage de Figaro

BECKETT
- En attendant Godot

BRETON
- Nadja

CAMUS
- La Peste
- Les Justes
- L'Étranger

CARRÈRE
- Limonov

CÉLINE
- Voyage au bout de la nuit

CERVANTÈS
- Don Quichotte de la Manche

CHATEAUBRIAND
- Mémoires d'outre-tombe

CHODERLOS DE LACLOS
- Les Liaisons dangereuses

CHRÉTIEN DE TROYES
- Yvain ou le Chevalier au lion

CHRISTIE
- Dix Petits Nègres

CLAUDEL
- La Petite Fille de Monsieur Linh
- Le Rapport de Brodeck

COELHO
- L'Alchimiste

CONAN DOYLE
- Le Chien des Baskerville

DAI SIJIE
- Balzac et la Petite Tailleuse chinoise

DE GAULLE
- Mémoires de guerre III. Le Salut. 1944-1946

DE VIGAN
- No et moi

DICKER
- La Vérité sur l'affaire Harry Quebert

DIDEROT
- Supplément au Voyage de Bougainville

DUMAS
• Les Trois
  Mousquetaires

ÉNARD
• Parlez-leur
  de batailles,
  de rois et
  d'éléphants

FERRARI
• Le Sermon sur la
  chute de Rome

FLAUBERT
• Madame Bovary

FRANK
• Journal
  d'Anne Frank

FRED VARGAS
• Pars vite et
  reviens tard

GARY
• La Vie devant soi

GAUDÉ
• La Mort du
  roi Tsongor
• Le Soleil des
  Scorta

GAUTIER
• La Morte
  amoureuse
• Le Capitaine
  Fracasse

GAVALDA
• 35 kilos d'espoir

GIDE
• Les
  Faux-Monnayeurs

GIONO
• Le Grand
  Troupeau
• Le Hussard
  sur le toit

GIRAUDOUX
• La guerre de
  Troie
  n'aura pas lieu

GOLDING
• Sa Majesté des
  Mouches

GRIMBERT
• Un secret

HEMINGWAY
• Le Vieil Homme
  et la Mer

HESSEL
• Indignez-vous !

HOMÈRE
• L'Odyssée

HUGO
• Le Dernier Jour
  d'un condamné
• Les Misérables
• Notre-Dame
  de Paris

HUXLEY
• Le Meilleur
  des mondes

IONESCO
• Rhinocéros
• La Cantatrice
  chauve

JARY
• Ubu roi

JENNI
• L'Art français
  de la guerre

JOFFO
• Un sac de billes

KAFKA
• La Métamorphose

KEROUAC
• Sur la route

KESSEL
• Le Lion

LARSSON
• Millenium I. Les
  hommes qui
  n'aimaient pas
  les femmes

LE CLÉZIO
• Mondo

LEVI
• Si c'est un
  homme

LEVY
• Et si c'était vrai…

MAALOUF
• Léon l'Africain

MALRAUX
- La Condition
  humaine

MARIVAUX
- La Double
  Inconstance
- Le Jeu de l'amour
  et du hasard

MARTINEZ
- Du domaine
  des murmures

MAUPASSANT
- Boule de suif
- Le Horla
- Une vie

MAURIAC
- Le Nœud
  de vipères

MAURIAC
- Le Sagouin

MÉRIMÉE
- Tamango
- Colomba

MERLE
- La mort est
  mon métier

MOLIÈRE
- Le Misanthrope
- L'Avare
- Le Bourgeois
  gentilhomme

MONTAIGNE
- Essais

MORPURGO
- Le Roi Arthur

MUSSET
- Lorenzaccio

MUSSO
- Que serais-je
  sans toi ?

NOTHOMB
- Stupeur et
  Tremblements

ORWELL
- La Ferme
  des animaux
- 1984

PAGNOL
- La Gloire de
  mon père

PANCOL
- Les Yeux jaunes
  des crocodiles

PASCAL
- Pensées

PENNAC
- Au bonheur
  des ogres

POE
- La Chute de la
  maison Usher

PROUST
- Du côté de
  chez Swann

QUENEAU
- Zazie dans
  le métro

QUIGNARD
- Tous les matins
  du monde

RABELAIS
- Gargantua

RACINE
- Andromaque
- Britannicus
- Phèdre

ROUSSEAU
- Confessions

ROSTAND
- Cyrano de
  Bergerac

ROWLING
- Harry Potter à
  l'école des sor-
  ciers

SAINT-EXUPÉRY
- Le Petit Prince
- Vol de nuit

SARTRE
- Huis clos
- La Nausée
- Les Mouches

SCHLINK
- Le Liseur

SCHMITT
- La Part de l'autre
- Oscar et la
  Dame rose

SEPULVEDA
- Le Vieux qui
  lisait des romans
  d'amour

SHAKESPEARE
- Roméo et Juliette

SIMENON
- Le Chien jaune

STEEMAN
- L'Assassin
  habite au 21

STEINBECK
- Des souris et
  des hommes

STENDHAL
- Le Rouge et
  le Noir

STEVENSON
- L'Île au trésor

SÜSKIND
- Le Parfum

TOLSTOÏ
- Anna Karénine

TOURNIER
- Vendredi ou
  la Vie sauvage

TOUSSAINT
- Fuir

UHLMAN
- L'Ami retrouvé

VERNE
- Le Tour
  du monde
  en 80 jours
- Vingt mille
  lieues sous
  les mers
- Voyage au
  centre de
  la terre

VIAN
- L'Écume des jours

VOLTAIRE
- Candide

WELLS
- La Guerre des
  mondes

YOURCENAR
- Mémoires
  d'Hadrien

ZOLA
- Au bonheur
  des dames
- L'Assommoir
- Germinal

ZWEIG
- Le Joueur
  d'échecs

www.lepetitlitteraire.fr

ISBN version numérique : 978-2-8062-1813-1
ISBN version papier : 978-2-8062-1322-8
Dépôt légal : D/2013/12603/222

Avec la collaboration de Johanna Biehler pour les chapitres « Le mythe holmésien », « L'enquête comme structure du récit », « Des épisodes épistolaires » et « Le triomphe de la science ».

Conception numérique : Primento,
le partenaire numérique des éditeurs.

Ce titre a été réalisé avec le soutien de la Fédération Wallonie-Bruxelles, Service général des Lettres et du Livre.